中国古诗

刘苹 著

中国少年儿童新闻出版总社
中国少年儿童出版社

北 京

图书在版编目（CIP）数据

中国古诗 / 刘苹著 . -- 北京：中国少年儿童出版社，2024.1

（百角文库）

ISBN 978-7-5148-8429-6

Ⅰ.①中… Ⅱ.①刘… Ⅲ.①古典诗歌 – 中国 – 青少年读物 Ⅳ.① I222

中国国家版本馆 CIP 数据核字 (2023) 第 254453 号

ZHONGGUO GUSHI

（百角文库）

出版发行：	中国少年儿童新闻出版总社 中国少年儿童出版社
执行出版人：马兴民	

丛书策划：马兴民 缪 惟	美术编辑：徐经纬
丛书统筹：何强伟 李 橦	装帧设计：徐经纬
责任编辑：冯广涛	标识设计：曹 凝
责任校对：夏明媛	封面图：赵墨染
责任印务：厉 静	

社　　址：北京市朝阳区建国门外大街丙 12 号	邮政编码：100022
编 辑 部：010-57526123	总 编 室：010-57526070
发 行 部：010-57526568	官方网址：www.ccppg.cn

印刷：河北宝昌佳彩印刷有限公司

开本：787mm × 1130mm　1/32	印张：3
版次：2024 年 1 月第 1 版	印次：2024 年 1 月第 1 次印刷
字数：50 千字	印数：1—5000 册

ISBN 978-7-5148-8429-6	定价：12.00 元

图书出版质量投诉电话：010-57526069　　电子邮箱：cbzlts@ccppg.com.cn

序

　　提供高品质的读物,服务中国少年儿童健康成长,始终是中国少年儿童出版社牢牢坚守的初心使命。当前,少年儿童的阅读环境和条件发生了重大变化。新中国成立以来,很长一个时期所存在的少年儿童"没书看""有钱买不到书"的矛盾已经彻底解决,作为出版的重要细分领域,少儿出版的种类、数量、质量得到了极大提升,每年以万计数的出版物令人目不暇接。中少人一直在思考,如何帮助少年儿童解决有限课外阅读时间里的选择烦恼?能否打造出一套对少年儿童健康成长具有基础性价值的书系?基于此,"百角文库"应运而生。

　　多角度,是"百角文库"的基本定位。习近平总书记在北京育英学校考察时指出,教育的根本任务是立德树人,培养德智体美劳全面发展的社会主义建设者和接班人,并强调,学生的理想信念、道德品质、知识智力、身体和心理素质等各方面的培养缺一不可。这套丛书从100种起步,涵盖文学、科普、历史、人文等内容,涉及少年儿童健康成长的全部关键领域。面向未来,这个书系还是开放的,将根据读者需求不断丰富完善内容结构。在文本的选择上,我们充分挖掘社内"沉睡的""高品质的""经过读者检验的"出版资源，保证权威性、准确性，力争高水平的出版呈现。

通识读本，是"百角文库"的主打方向。相对前沿领域，一些应知应会知识，以及建立在这个基础上的基本素养，在少年儿童成长的过程中仍然具有不可或缺的价值。这套丛书根据少年儿童的阅读习惯、认知特点、接受方式等，通俗化地讲述相关知识，不以培养"小专家""小行家"为出版追求，而是把激发少年儿童的兴趣、养成正确的思考方法作为重要目标。《畅游数学花园》《有趣的动物语言》《好大的地球》《看得懂的宇宙》……从这些图书的名字中，我们可以直接感受到这套丛书的表达主旨。我想，无论是做人、做事、做学问，这套书都会为少年儿童的成长打下坚实的底色。

中少人还有一个梦——让中国大地上每个少年儿童都能读得上、读得起优质的图书。所以，在当前激烈的市场环境下，我们依然坚持低价位。

衷心祝愿"百角文库"得到少年儿童的喜爱，成为案头必备书，也热切期盼将来会有越来越多的人说"我是读着'百角文库'长大的"。

是为序。

马兴民

2023 年 12 月

前　言

"饥者歌其食，劳者歌其事。"人感于事，动于情，然后兴于嗟叹，发于吟咏，终形于歌诗。

从2000多年前的《诗经》开始，中国人就开始致力于通过诗歌来建立自己可沟通现实又超出现实的审美世界——它是人们在现实世界得意后的闪光舞台，也是人们在现实世界碰壁后的自由去处；它是人们心灵的后花园，也是人们精神的自留地。

2000多年间，诗歌因为历朝历代社会生活的外在影响和语言形式的内在发展变化，呈现出不同的思想内容与表现形式。

先秦时期，诞生了诗歌的现实主义和浪漫主义源头。《诗经》作为集体创作的代表，成书于春秋时期，是我国第一部诗歌总集。《诗经》分为《风》《雅》《颂》三部分，内容以反映现实世界和日常生活为主，因此是我国现实主义诗歌的源头；语言形式上以四言为主，间以杂言，并创造性地使用了赋比兴的表现手法。《楚辞》是以屈原作品为主体的诗歌总集，成书于战国时期。它主要讲述了知识分子的政治理想和高洁情怀，展示了楚地的山川风物、历史风情，是我国浪漫主义诗歌的源头，同时也标志着一种新的诗体——楚辞——的诞生。

汉代诞生了乐府诗，它是继《诗经》《楚

辞》之后的一种新诗体。乐府诗以民歌为主，是继《诗经》之后古代民歌的又一次大集合。它形式上以五言为主，标志着叙事诗发展更加成熟。其中，《孔雀东南飞》是我国古代最长的叙事诗。

汉末魏初，建安诗歌自成一派，又称"建安风骨"。以曹操父子为代表的建安诗人，积极抒发渴望建功立业的壮志雄心，掀起了我国历史上第一个文人诗歌创作的高潮。这时的诗歌已经普遍采用五言形式，奠定了五言诗在文坛上的地位。

东晋时期，陶渊明开创了我国诗歌历史上举足轻重的田园诗派。它取材于田园生活，语言平淡自然，清新质朴。南北朝时期，谢灵运上承东晋陶渊明的田园诗派，开创了同样彪炳千秋的山水诗派，它主要取材于山水风景，语言平淡朴素，情景事理交融为一。

南北朝乐府诗歌，仍以民歌为主要代表，分为南朝民歌和北朝民歌。南朝民歌以情歌为主，格调浪漫，基调婉转哀伤，语出天然又多用双关，语言形式承续五言，又多以四句，其中《西洲曲》可称代表，也是南朝乐府民歌中最长的抒情诗。北朝民歌内容广泛，语言率真质朴，风格粗犷豪放，形式上以五言四句为主，同时创造了七言四句的"七绝体"。《木兰辞》是其中杰出的代表。

无论是《诗经》《楚辞》，还是乐府诗、建安诗歌、山水田园诗，它们以四言、五言、七言、杂言为主要形式，格律自由，不拘泥于对仗、平仄，篇幅长短不限，被称为"古体诗"。

诗歌到了唐代时，迎来了新的辉煌。这时的诗歌的语言形式发展到近乎绝妙，成就了包括以五言、七言为主的绝句和律诗的格律诗，被称为"近体诗"。杜甫的作品，代表了诗歌现实主义的最高成就；李白的作品，则代表了诗歌浪漫主义的最高成就。至此，我们两大诗歌源头几乎同时迎来了自己的最高峰。唐代时，也兴起了另一种新的文学样式——词，又称"诗余""长短句"。到宋代时，词达到了顶峰。词的形式比诗自由，但也同样讲究平仄韵律——不同的词牌在句数、每句的字数、平仄上都有定规。

诗歌发展到元代，诞生了一种新的形式——散曲。散曲由宋词俗化而来，内容多以反映现实社会内容为主，形式更加自由，用韵丰富，平仄要求相对宽松，常有口语入曲。元代中后期，散曲的内容开始远离现实，元曲也很快没落下去。

到了明清时期，诗歌无论是在思想内容上，还是在语言表现形式上，都几乎再无创新，即便如龚自珍，也不过是凤毛麟角，昙花一现。不免令人感慨唏嘘。

2000多年来，诗歌的具体内容和表现形式虽有流变，但其中的爱恨嗔痴却几乎没有什么变化——这正是人性。正是因为描摹了人性，经典才最终得以永久流传。

这些人性，发生在家里，也发生在路上，发生在朝堂之上，也发生在江湖之间。为学，相亲，感外物，叹历史，故有咏物、咏史一类；遭贬谪，出征戍，故有送别、边塞、羁旅思乡之属；浪迹山水，则自成山水田园。

本书正是以2000多年来的常见诗歌类型为线索，为读者梳理解读那荡涤心灵的优秀古诗篇章。

目 录

1 山水田园诗

13 送别诗

25 羁旅思乡诗

37 边塞诗

49 咏物诗

61 咏史诗

73 悼念诗

83 杂诗

山水田园诗

山水田园诗是山水诗和田园诗的统称。

山水诗的鼻祖是东晋的谢灵运，而田园诗的鼻祖，则是东晋的陶渊明。

既然是山水田园诗，描写的自然就是些空山、明月、清泉、竹篱、古寺、茅屋、炊烟、菊花、鸡犬、鹤、蛙、燕子、蚕，等等。由此而来的意境或质朴自然，或闲适恬淡，或恬静优美，或清新明丽，或富有生机……

山水田园诗中的"山水"一直作为"出世"

的象征而存在。虽然"出世",却又不是隔绝人世。"世"中"人"一来,几千年来从未停止的"出世入世"的矛盾故事就开始了——既追求超凡脱俗、自由自在的田园生活,又纠结于"学而优则仕"的传统思想。

所以,对诗歌来说,山水田园再美,人却始终是它的灵魂。

但不是什么人都可以成为山水田园的灵魂的。那些纯粹的樵夫、渔夫、浣女,都不足以成为山水田园的灵魂。他们让山水灵动,但并未让山水深刻。真正让山水深刻起来、意味深长的,是隐士。

"少无适俗韵,性本爱丘山。"热爱自然、钟情山水,对闲适恬淡、悠然自得的山水田园本身的热爱,一定是"隐居"的必然动力。

另外,孔子讲:有道则见,无道则隐——

躬逢盛世，自然可以有一番作为；天下无道，只能隐居山水。因此，报国无门、壮志难酬的忧愁悲愤可能是"隐居"的直接原因。

总之，无论是哪类人，只要能在这里住下去，至少说明，他们还是比较喜欢这山水田园的，还是会认同山水田园的美的：

陌上柔桑破嫩芽，东邻蚕种已生些。

平冈细草鸣黄犊，斜日寒林点暮鸦。

山远近，路横斜，青旗沽酒有人家。

城中桃李愁风雨，春在溪头荠菜花。

所以，写山水田园诗的人，能有什么复杂的心思呢？

归园田居·其三

[晋] 陶渊明

种豆南山下,草盛豆苗稀。①

晨兴理荒秽,带月荷锄归。②

道狭草木长,夕露沾我衣。③

衣沾不足惜,但使愿无违。④

【注】①南山:庐山。②兴:起床;荒秽:指杂草;荷:扛着。③长:形容草木茂盛;夕露:晚上的露水;沾:打湿;④足:值得;但:只要。

【编者解读】陶渊明,字元亮,晚年更名为潜,字渊明,号五柳先生,浔阳柴桑(今江西九江)人。晋代著名诗人,我国"田园诗派之鼻祖",还被誉为"隐逸诗人之宗"。

公元405年，40岁的陶渊明任江西彭泽县令，八十几天后，便因不愿"为五斗米折腰"而挂印辞官，开始了隐居田园、自由自在的生活，直到最后与世长辞。这首诗，便写于他辞官归家之后。《归园田居》一组五首，本诗是第三首。

前四句，诗人平实自然地跟我们讲了他一天到晚是如何在田间劳作的——晨起晚归，在旁人看来辛苦，他却乐在其中，即便是"草盛豆苗稀"，也没有因此懊恼，反而觉得是可以调侃一下自己的——一个人种地，却对收成毫不在意，必定是乐在其中了。

后四句，诗人借"露沾衣"抒发感慨。露沾衣，晨兴起，带月归，这些农耕的辛苦，都没有关系，作者浪迹半生悟到的，就是"但使愿无违"。人生短暂，能够按照自己喜欢的方式度过一生,不也是一种浪漫吗?

《晋书·列传第六十四》记载,陶渊明不懂音乐,却备有一张琴,琴没有弦,所以每次他只是空抚琴,但他自己讲:"但识琴中趣,何劳弦上音?"意思是说,只要识得弹琴的趣味便可,何必一定要劳烦琴弦,去弹奏出美妙的音乐呢?所以,躬耕田园对于陶渊明来说同样如此,只要识得其中自由的乐趣就可以了,为什么一定要有好的收成呢?

全诗质朴自然又平淡幽美,五言形式更有娓娓道来之感,堪称田园诗的典范。

过故人庄①

[唐] 孟浩然

故人具鸡黍,邀我至田家。②

绿树村边合,青山郭外斜。③

开轩面场圃,把酒话桑麻。④

待到重阳日,还来就菊花。⑤

【注】①过:拜访;故人:老朋友;庄:田庄。②具:准备,置办;鸡黍:鸡和黍子米,这里指丰盛的饭菜。③合:环绕;郭:这里指村庄的外墙;斜:倾斜。④轩:窗户;场:打谷场;圃:菜园;话:谈论;桑麻:桑树和麻,这里指农业生产的事。⑤还(huán):返;就:靠近,这里指欣赏。

【编者解读】孟浩然,字浩然,号孟山人,

襄州襄阳（今湖北襄阳）人，世称"孟襄阳"。唐代著名的山水田园派诗人，与山水诗人王维并称"王孟"。著有《孟浩然集》。

诗人隐居鹿门山，被老朋友邀请去自己的田庄做客，于是兴致勃勃，自觉怡情悦性，创作了本诗。

"故人具鸡黍，邀我至田家。"诗歌首联开门见山，点明了诗人之行的成因：老朋友邀请去做客！简简单单一句话，老友的热情、两人之间真挚自在的友情便跃然纸上。"鸡黍"意象，不仅写出了老朋友待客的热情与淳朴，同时也使得诗歌开篇便极具田园风味。

"绿树村边合，青山郭外斜。"诗歌颔联从视觉角度描写诗人朋友田庄周围清新恬淡的自然环境，"绿树"与"村"、"青山"与"郭"相依成趣，营造出自然与社会环境和谐的氛围。

"开轩面场圃,把酒话桑麻。"诗歌颈联转入了对诗人朋友田庄的描写,绘就出一幅平淡、美好、自由、欢快的诗酒田园画。在田庄里,一打开窗户就可以看到打谷子的场院和菜园,自然是一派生机勃勃、五谷丰登的景象,诗人和朋友兴之所至,举杯畅饮,饶有兴致地谈论起农业生产中的大大小小的事。

"待到重阳日,还来就菊花。"快乐的时光总是短暂的,诗人就要和朋友告别,但田庄生活的欢乐深深地吸引了诗人,以至于告别之际诗人还要跟朋友约定:等到重阳节的时候还要再来欣赏朋友种的菊花!于是,诗歌尾联就给读者留下了想象的空间:重阳节的田庄又会是怎样的一番景象呢?

山居秋暝[①]

[唐] 王 维

空山新雨后,天气晚来秋。

明月松间照,清泉石上流。

竹喧归浣女,莲动下渔舟。[②]

随意春芳歇,王孙自可留。[③]

【注】①暝:日落,黄昏。②喧:笑语喧哗。③随意:任凭;芳:芳香的花草;歇:凋零;王孙:贵族子弟,此处指代诗人自己。

【编者解读】王维,字摩诘,号摩诘居士,河东蒲州(今山西运城)人,唐代著名的山水诗人。精通佛学,名与字都来自佛经《维摩诘经》,有"诗佛"之称。

本诗系诗人隐居钟南山下辋川(辋 wǎng;

辋川位于今陕西蓝田）别业时所作，描写的是山中雨后黄昏的景色。

"空山新雨后，天气晚来秋。"首联写诗人所处地点与时节，是刚刚下过雨之后的山中的秋天。"空山"，诗人说自己不仅是在山中，而且是在"空"山中。其实，"空"的不是山，而是诗人自己的心。正是因为诗人心灵到达了一种悠然空灵的境界，他才会觉得眼前的山也是"悠然空灵"的。

"明月松间照，清泉石上流。"诗人用了"明月""清泉""松""石"四个意象，"明月""清泉"都有洁白清澈的特点，象征着"洁"的品格；"松""石"都有坚强硬朗的特点，象征着"贞"的精神。所以，这两句，虽然看起来只是描绘了傍晚山中的景色，实际上却暗含着诗人对"贞洁"品格的执着追求。

"竹喧归浣女，莲动下渔舟。"这两句虚实结合，写出了美丽的自然环境中人们辛勤劳作又快乐自足的生活画面。诗人听到竹林之中笑语喧哗，猜想一定是洗衣服的姑娘们回来了；看到莲叶摇动，猜想一定是打鱼的小船回来了。回想首联，有浣女，有渔舟，诗人仍称山为"空山"，更可见，诗人所谓的"空"是精神心灵之"空"，是无尘俗沾染之"空"。

"随意春芳歇，王孙自可留。"尾联是诗人有感而发，世人皆爱春花春草，而诗人认为，只要身处空灵悠然、恬静淡泊的山水之中，即便是在秋天，又有什么关系呢？诗人对自然山水的喜爱、对世俗官场的厌恶、不愿同流合污的感情溢于言表。

整首诗，"诗中有画"，不愧为山水诗中的名篇。

送别诗

如果说山水田园诗是"出世"者的诗,那么送别诗、羁旅思乡诗、边塞诗、爱情诗都可以看作"入世"者的诗。

古时候,交通很不方便,一次分离可能意味着永别。所以,诗人对于送别有着特别深的感受。难舍、惆怅、忧愁、激昂……都化作一首首送别诗。

人们送别常常是要喝酒的,可能在家里,也可能在供旅人歇息的长亭、短亭中,所以酒和长短亭就成了送别诗的经典意象。

送别诗中,"酒"承载了诗人深深的不舍与相思。

王维在《送元二使安西》中写道:"劝君更尽一杯酒,西出阳关无故人。"与其说诗人是在劝酒,倒不如说是在拖延分别的时间;与其说诗人是在想象分别后朋友的孤单,倒不如说是在表达此刻已升腾在诗人心里的深沉的强烈的不舍与思念。

古人出行,无非经由陆路或水路,所以车马和水也就成了送别诗的经典意象。

李白《黄鹤楼送孟浩然之广陵》一诗写道:"故人西辞黄鹤楼,烟花三月下扬州。孤帆远影碧空尽,唯见长江天际流。"诗人江边送别,迟迟不忍离去,直到朋友的船影消失在天的尽头,仍止不住凝望,却只能看见江水在天边浩浩汤汤。以流水结束全诗，奔涌的正是诗人汩汩滔滔的惜别与相思……

中国诗歌自南朝民歌开始，就多有谐音双关的文化传统，所以，谐音"留"的"柳"，也就成了送别诗的经典意象。

古人离别的时候，离别之痛就常常会触发身世命运之感，害怕分别后的孤寂落寞，常依依不舍，但又常常相互勉励、安慰、祝福。

王勃在《送杜少府之任蜀州》中留下千古名句："海内存知己，天涯若比邻。无为在歧路，儿女共沾巾。"

高适在《别董大》中，则更为直爽与豪迈："莫愁前路无知己，天下谁人不识君？"

所以，送别诗，虽多戚戚之别，但也有豪壮之别。戚戚之凄清冷落，豪壮之慷慨潇洒，都让人爱不释手、欲罢不能。

送 友 人

[唐]李 白

青山横北郭,白水绕东城。①

此地一为别,孤蓬万里征。②

浮云游子意,落日故人情。

挥手自兹去,萧萧班马鸣。③

【注】①白水:清澈的河水。②蓬:蓬草,古书记载,蓬草干枯后植株即与根系断开,随风盘旋,故也称"飞蓬",此处喻指即将远行的朋友;征:远行。③兹:这;萧萧:马的鸣叫声;班:用刀将美玉从中切开,故有"分开、离群"之意,"班马"即离群的马,此指载朋友远离的马。

【编者解读】李白,字太白,号青莲居士。

唐代伟大的浪漫主义诗人,被后世誉为"诗仙",与"诗圣"杜甫合称"李杜"。著有《李太白集》。

"青山横北郭,白水绕东城。"青山横亘在外城的北面,清河环绕着东城。诗歌的首联交代了告别的地点,"青"与"白",色彩映衬,"绕"与"横",动静结合,共同勾勒出一幅清新明丽的告别场景。在如此美丽的场景中,诗人却要和好友分别。

"此地一为别,孤蓬万里征。"我们在这里一告别,你就像那飞蓬一样远赴万里之外了。这里诗人以蓬草喻指友人,因为蓬草无根,像极了不得不漂泊远方的游子。所以,在这个比喻里,寄寓了诗人对即将远行的友人的深深的关怀和不舍。

"浮云游子意,落日故人情。"即将远游

的你的心情，也像那随风漂泊的浮云一样，踌躇流连，而作为老朋友，我的心情就像那徐徐而下的夕阳，依依不舍。此联以"浮云"写"游子意"，以"落日"写"故人情"，情景交融，意味深长。

"挥手自兹去，萧萧班马鸣。"我们挥一挥手，从此就要分别了，你的马儿也禁不住萧萧悲鸣起来。在这里，诗人没有直接写自己与友人送别时的心理状态，而是以马儿的反应来衬托自己送别友人时的心理状态——连马儿都如此悲伤，何况是人呢！

诗歌以青翠的山峦、清澈的河水、火红的落日、洁白的浮云构筑了一幅温馨又感人的画面，同时以群山的静默和班马的悲鸣极大地拓展了画面的层次感和表现空间，景中有情，情在景中，是李白的一首广为赞赏的送别诗。

赋得古原草送别①

[唐]白居易

离离原上草,一岁一枯荣。②

野火烧不尽,春风吹又生。

远芳侵古道,晴翠接荒城。③

又送王孙去,萋萋满别情。④

【注】①赋得:古人科考有定规,凡是限定的诗题,题目前须加"赋得"二字。②离离:青草茂盛的样子。③芳:香气,这里指有香气的野草;侵:侵占,此指长满;晴翠:明丽翠绿,这里指明丽翠绿的草原。④王孙,本指贵族后代,此处指远方的友人;萋萋:草木茂盛的样子。

【编者解读】白居易,字乐天,号香山居

士,又号醉吟先生,祖籍山西太原,生于河南新郑。唐代伟大的现实主义诗人。他的诗题材常取于现实生活,语言形式多样,通俗易懂,故其有"诗魔""诗王"之称。

此诗为16岁的白居易的考场之作。

这首诗,我们常作《草》来讲,只取它的前四句,所以,我们感受到的也只是诗人在赞颂野草生生不息的生命力和顽强的生命意志。

实际上,这是一首送别诗。在送别的背景下,诗人描写野草一年枯一次、荣一次,即便野火也无法烧尽,待到来年春风吹起,草原上又是一片郁郁青青的野草,意图就不那么简单了——他要表达的是,自己对友人的思念,就如那野草一般,没有尽头,只要一阵有关友人的春风,对友人的思念就又如野草一般,离离萋萋。

"远芳侵古道,晴翠接荒城。又送王孙去,萋萋满别情。""远芳"写野草虽远,但诗人却能闻见芳香,加上"侵古道"的"侵"字,就写出了野草生机勃勃的磅礴生长之势。要在生机勃勃的春天,告别自己的好朋友,这份不舍让这繁盛的野草也充满了离别的惆怅。李煜在《清平乐·别来春半》中写的"离恨恰如春草,更行更远还生",意境即是如此。相较之下,似乎白居易略胜一筹,因为他的不舍与思念不只是行远还生,还是"野火烧不尽,春风吹又生"!

16岁的白居易,已然能够在创作的瞬间将自己的心灵完全交付于一种感情,又能融入自己切实的生活感受,其心灵的深度、广度、柔软度,可见一斑。后来他获得"诗魔""诗王"的美誉,也就是情理之中的事了。

谢亭送别[①]

[唐]许 浑

劳歌一曲解行舟,红叶青山水急流。[②]
日暮酒醒人已远,满天风雨下西楼。[③]

【注】①谢亭:谢公亭,位于安徽宣城北面,南齐诗人谢朓(tiǎo)任宣城太守时所建,谢朓曾在此送别朋友,谢亭因此成为著名的送别之地。②劳歌:原指在劳劳亭(著名送别之地,位于今江苏南京)送别时唱的歌,后指代一切送别歌。③西楼:送别的谢亭。

【编者解读】许浑,字用晦(一作仲晦),润州丹阳(今江苏丹阳)人。晚唐诗人。他的诗作对偶齐整,格律严密,题材多为怀古、田园,诗中多描写雨、水之景象,故有"许浑千首湿,杜甫一生愁"之说。许浑以其所居之地京口(今江苏镇江)"丁卯涧"为其诗集命名,故其又有"许丁卯"之称。

"劳歌一曲解行舟",古人有唱歌送行的习俗,诗人劳歌一曲,朋友远行的船解开了缆绳,诗歌首句点明了诗歌之"起",即劳歌送别一事。

"红叶青山水急流",承接首句,讲朋友乘船离开时的情景。彼时叶红山青,正是一派大好春光,然而,在这大好春光里,诗人却要无奈地送别朋友!正所谓,以乐景写哀情,倍增其哀。因为这送别之哀情,连流水都显得"急迫"起来——相去何太急!

"日暮酒醒人已远",这句笔锋突转,不再写送别之事,而是写诗人在送别朋友之后,并未离去,在他们话别的酒楼继续喝了一会儿酒，酒不醉人人自醉，等诗人醒来已是日暮时分，朋友已杳不可见。

"满天风雨下西楼"，此句讲，我在漫天风雨中独自走下了送别的西楼。以哀景写哀情，看似风雨满天，实则离愁满天，到这里我们知道，其实诗人一直在讲"送别"。

全诗主要运用情景交融的手法，有以乐景写哀情的反衬，也有以哀景写哀情的正衬，无论是正衬还是反衬，诗人都在具体的意象里寄寓了深深的离愁。

羁旅思乡诗

古人的旅途,格外漫长。

这倒不是因为古时车马慢,主要是在古代农耕社会,人们"安土重迁",一个人离开了家乡,不只意味着远离了自己的兄弟朋友和亲人,更意味着离开了家乡文化的深厚底蕴和它背后的无形力量。

每个人都会有意无意地寻找一种归属感,这份归属感,既可以是地理的,也可以是历史的,既可以是心理的,也可以是文化的。而家乡，则几乎是人们一切归属感的源头。

所以，征途中一切与家乡相关的，与自己旅途处境相似的，都能够唤醒、激发起一个人对家乡的深沉思念。月亮、黄昏、飞蓬、浮云、鸿雁、莼羹鲈鲙就成了羁旅思乡诗的经典意象。

"露从今夜白，月是故乡明。"月亮是每一个中国人心中关于故乡的第一位的意象。其中缘由，苏轼解得好："但愿人长久，千里共婵娟。"无论人们相隔多远，总是沐浴着同一片清辉，这就是人们"望月""怀远"的心理逻辑吧。

黄昏，是倦鸟归巢的时刻，所以也常常引发诗人思乡念家的感慨。比如李觏（gòu）的《乡思》："人言落日是天涯，望极天涯不见家。已恨碧山相阻隔，碧山还被暮云遮。"

除此之外，常常触发诗人思乡之情的还有飞蓬、浮云等，因为它们是跟诗人一样无根离家、独自漂泊的物象。鸿雁之所以能够引发诗人的漂泊思念之感，一是因为大雁秋天南飞，春天北归，如回家一样，二是因为在古代，它还可以为人们传递消息。

莼羹鲈鲙代表了家乡的美味，这出自典故《晋书·张翰传》："翰因见秋风起，乃思吴中菰菜、莼羹、鲈鱼脍。"后来，人们就用莼羹鲈鲙借喻思乡的心情。

为什么古人们那么想家，写尽相思，却一直奔波在路上？

那是因为名利的现实。

所以，送别诗、羁旅思乡诗、边塞诗都是"入世"者的诗，是蹉跎于理想和现实之间的人的诗。

黄鹤楼[1]

[唐] 崔 颢

昔人已乘黄鹤去,此地空余黄鹤楼。

黄鹤一去不复返,白云千载空悠悠。

晴川历历汉阳树,芳草萋萋鹦鹉洲。[2]

日暮乡关何处是?烟波江上使人愁。[3]

【注】①黄鹤楼:位于今湖北武汉。②川:平原;历历:清楚明白;汉阳:地名,与黄鹤楼隔江相望;萋萋:草木茂盛的样子;鹦鹉洲:长江中的一个小洲。③乡关:故乡。

【编者解读】崔颢(hào),汴州(今河南开封)人。唐代著名诗人。唐玄宗开元十一年(公元723年)中进士,官至太仆寺丞。著有《崔颢集》,其中《黄鹤楼》最负盛名,据说李白曾为之搁笔不作,赞叹称"眼前有景道不得,崔颢题诗在上头"。

这是一首怀古思乡诗。

诗从费祎(yī)驾鹤登仙写起,"昔人已乘黄鹤去,此地空余黄鹤楼"。一个"空"字,写出了诗人的失望与落寞,为后文乡愁的抒发做了铺垫。

"黄鹤一去不复返,白云千载空悠悠。"黄鹤已经一去不复返了,只剩下白云千百年来在那里悠悠飘荡。于诗人而言,一去不复返的又岂止是黄鹤?千百年来沧桑巨变的又岂止是黄鹤楼?到这里,诗人面对古今变化而联想起自己的壮志难酬,时不我待的悲怆已经蓄满了心田。

"晴川历历汉阳树,芳草萋萋鹦鹉洲。"诗人由虚写传说到实写眼前之景:黄鹤楼与汉阳城隔江相望，晴日里，站在黄鹤楼上即可见汉阳平原一望无际，平原上树木清晰可见，而鹦鹉洲上也是芳草茂盛，一派清新明丽生机勃勃的景象。

而在这种欢喜的景象之中，诗人心底涌动的仍然是对故乡的思念和思念而不可及的忧愁，故有千古名句"日暮乡关何处是？烟波江上使人愁"。

面对这样一篇思乡怀古的佳作，我们可以说，是崔颢成就了黄鹤楼，也是黄鹤楼成就了崔颢。

商山早行①

[唐]温庭筠

晨起动征铎,客行悲故乡。②

鸡声茅店月,人迹板桥霜。

槲叶落山路,枳花明驿墙。③

因思杜陵梦,凫雁满回塘。④

【注】①商山:山名,位于今陕西商洛。②征铎:出行的铃铛。③槲(hú):落叶乔木的一种;枳(zhǐ):落叶灌木或小乔木,花白色。④因:于是;杜陵:此指长安;凫(fú):野鸭;回塘:边岸迂回曲折的池塘。

【编者解读】温庭筠,字飞卿,并州祁县(今山西祁县)人。晚唐著名诗人,与李商隐齐名,时称"温李"。他才华横溢,却又恃才傲物，常讥讽时政，因此得罪权贵，进士屡试不第，终生不得志。

唐宣宗大中十三年（公元859年），时年48岁的温庭筠为生计所迫出任隋县县尉，自长安奔赴隋县，途径商山，因有此诗。

"晨起动征铎，客行悲故乡。"诗的前两句，开门见山，诗人一早出发，车马的铃铛发出阵阵叮当声。一个"晨"字照应了题目的"早行"；一个"客"字，点明诗人远行的处境；一个"悲"字，奠定了全诗悲伤的感情基调。

"鸡声茅店月，人迹板桥霜。"两句10个字，写到10个早起常见的意象：鸡、声、茅、店、月、人、迹、板、桥、霜。意象叠加，意象和意象之间形成相互映射的关系，大大地拓展了诗歌的表现空间。比如，"人"和"月""桥""霜"等都可以形成映射关系，于是,"人"就是"月下之人",是"桥上之人",是"履霜之人",是一个形象丰满的而非单薄的人。

"槲叶落山路,枳花明驿墙。"槲树,冬天树叶枯萎,但不脱落,待到来年春天,新叶萌发,旧叶才会落去。枳花,花白色,晨光里,白色格外醒目,诗人著一"明"字,写枳花使驿站的墙壁都变得明亮起来,生动形象。

"因思杜陵梦,凫雁满回塘。"诗人写,于是我想起来昨晚做的那个关于家乡杜陵的梦,家乡的凫雁还在家乡的属于它们的池塘里,自得其乐,未曾远离故土。一对比,思乡念家之情就油然而生了。

全诗虚实结合,真实地描写了晨起早行的景象,真诚地表达千百年来羁于旅途的游子们共有的孤单落寞和思乡念家之情。

除　夜[①]

[唐]崔　涂

迢递三巴路，羁危万里身。[②]

乱山残雪夜，孤烛异乡人。

渐与骨肉远，转于僮仆亲。[③]

那堪正飘泊，明日岁华新。[④]

【注】①除夜：除夕夜。②迢递：遥远的样子；三巴：指巴郡、巴东、巴西，在今四川东部；羁危：指旅途艰险。③转于：反而与、反而和。④堪：能够，此指"能够忍受"；飘泊：漂泊；岁华：岁月。

【编者解读】崔涂，字礼山。唐末诗人。唐僖宗光启四年（公元888年）中进士。善音律，尤善长笛，中年作客巴蜀，老年又游龙山，所以多写羁旅思愁之诗。

作此诗时，诗人正为避战乱而客居四川，又恰逢除夕，因有所感。

"迢递三巴路，羁危万里身。"诗歌首联便写诗人离家万里，只身客居在遥远的三巴之地。以"三巴"点明客居之地的偏僻，以"万里"点明离家之遥远，加之诗人只身一人，其中艰辛与孤独便不言自明，但同时"三巴""万里"又给人以开阔之感，让人读来虽悲尤壮。

"乱山残雪夜，孤烛异乡人。"诗歌颔联叠用五个意象"乱山""残雪""夜""孤烛""异乡人"，写出了诗人客居他乡，一个人度过本该阖家团圆的除夕夜的情景，营造出孤独凄凉的意境。诗人移情入景，并非山"乱"、并非雪"残"，也并非烛"孤"，而是诗人心绪纷乱，自感新年将至而人不团圆，因此备感孤独。同时，"乱山残雪"的自然环境和"孤烛"的生活场景，还暗示了作者生活的拮据，羁旅之艰辛因此更深一层。

"渐与骨肉远，转于僮仆亲。"诗歌颈联写客居他乡，人情惨淡，亲人不在身旁，只得与僮仆相依为命，表面上写与僮仆的亲近，实际上仍然是在表达客居之孤独。

"那堪正飘泊，明日岁华新。"怎么能够忍受这样的漂泊生活呢，明天又是新的一年的开始。诗歌尾联直抒胸臆，表达了诗人对客居生活的厌倦，暗含着对结束羁旅生活、与家人团聚的美好愿望。

诗歌以极具"团圆"这一民族文化意义的"除夕"为背景，来写羁旅之思，借用巨大的艺术反差形成巨大的艺术感染力，文风朴实自然，意境苍凉，感情真挚，堪称佳作。

边塞诗

边塞诗主要是描写边塞军旅生活和自然风光的诗歌。无论是烽火狼烟、骏马宝剑、铠甲孤城、黄沙白云、冰川雪山,还是胡笳、琵琶、胡人和他们的楼兰城,都是边塞诗人笔下的常客。

比如王维的《使至塞上》:"大漠孤烟直,长河落日圆。"李贺的《雁门太守行》:"黑云压城城欲摧,甲光向日金鳞开。"王之涣的《凉州词》:"黄河远上白云间,一片孤城万仞山。"……

在塞外风光和异域风情之外,最令诗人们心神激荡的当然是他们渴望建功立业、报效国家的壮志豪情,这也是边塞诗永远的主旋律。

比如王昌龄的《从军行七首·其四》:"黄沙百战穿金甲,不破楼兰终不还。"比如李贺的《雁门太守行》:"报君黄金台上意,提携玉龙为君死!"比如王翰的《凉州词二首·其一》:"醉卧沙场君莫笑,古来征战几人回?"比如戴叔伦的《塞上曲》:"愿得此身长报国,何须生入玉门关。"……

当然,他们很快就会认识到,边塞战争生活的艰苦和残酷远远超出他们的想象。

王昌龄在《出塞二首·其二》中写:"城头铁鼓声犹震,匣里金刀血未干。"岑参在《白雪歌送武判官归京》中写:"将军角弓不得控，都护铁衣冷难着。"又在《走马川行奉送出师西征》中写："将军金甲夜不脱，半夜军行戈相拨，风头如刀面如割。"

而在某个霜雪纷飞难以成眠的夜晚，这些艰苦和残酷都将化作对远在故乡的亲人的思念，和对穷兵黩武、执着于开疆拓土的统治者的讽刺与劝谏。

所以，有李益的《夜上受降城闻笛》："不知何处吹芦管，一夜征人尽望乡。"有岑参的《武威春暮闻宇文判官西使还已到晋昌》："塞花飘客泪，边柳挂乡愁。"有曹松的《己亥岁二首·其一》："凭君莫话封侯事，一将功成万骨枯。"

这也是为什么边塞诗的意境，开头往往境界阔大、雄奇壮美、雄浑豪放，而越到后面就往往越荒凉单调、慷慨悲凉……

从军行[①]

[唐] 杨 炯

烽火照西京,心中自不平。[②]

牙璋辞凤阙,铁骑绕龙城。[③]

雪暗凋旗画,风多杂鼓声。[④]

宁为百夫长,胜作一书生。[⑤]

【注】①从军行:乐府旧题,多写军旅生活。②西京:指长安。③牙璋,此处代指军队将帅;凤阙:此处指唐朝廷;龙城:汉时匈奴军事要地,此处代指塞外敌方据点。④凋:原指凋谢凋零,此指失去鲜艳色彩。⑤百夫长:此处泛指下级军官。

【编者解读】杨炯,字令明,华阴(今属陕西)人。唐代著名诗人,与王勃、卢照邻、骆宾王并称"初唐四杰"。卒于盈川县令任上，因此后人也称之为"杨盈川"。

这是一首五言律诗，以首联、颔联、颈联、尾联短短40个字，描写了一个读书人投笔从戎、出师边塞、参加战斗的全过程。

"烽火照西京，心中自不平。"诗歌首联以"烽火"点明国家边疆出现军情，以一个"照"字说明烽火火势之大、军情之紧急。"我"的心中也"自"然激荡不已，表现出了读书人心底油然而生的爱国之情，初步塑造了一个充满爱国热情的读书人的形象。

"牙璋辞凤阙，铁骑绕龙城。"诗歌颔联，用了两处场景的描绘，极为简练生动地写出了军队开拔奔赴前线以及勇于作战围攻敌人的过程。天子在皇宫为军队将帅送行，可见朝廷之重视；"绕"即团团围住，可见将士之骁勇。

"雪暗凋旗画，风多杂鼓声。"诗歌颈联通过战场自然环境的描写来表现两军交战的激烈场面。诗歌以冬日边塞的经典意象"雪"和"风"，从视觉和听觉两个角度，结合有关军队的经典意象——军旗和战鼓，来写双方交战的情形，反衬出参战将士们不畏艰险、英勇杀敌的爱国主义精神。

"宁为百夫长，胜作一书生。"诗歌尾联，直抒胸臆，表达了诗人投笔从戎、杀敌报国、建功立业的强烈渴望。

诗人选取军队从得到军情到出师征战过程中的典型意象进行场面描写，简洁生动有力的概括和引人遐想的留白（被省略掉的行军、战斗的中间过程）相得益彰，使诗歌整体上详略得当，节奏明快，同时也成就了这首诗雄浑刚健、慷慨激昂的诗风。

从军行七首·其四

[唐]王昌龄

青海长云暗雪山,孤城遥望玉门关。①

黄沙百战穿金甲,不破楼兰终不还。②

【注】①青海:青海湖,位于今青海;长云:多而绵延的云彩;雪山:祁连山,位于今青海、甘肃;孤城:一说是青海地区的一座城,一说即玉门关;玉门关:位于今甘肃敦煌以西。②穿:磨破;金甲:金属制作的铠甲;楼兰:汉代西域一国家名,此指当时西北边塞的敌人。

【编者解读】王昌龄,字少伯,京兆长安(今陕西西安)人。盛唐著名边塞诗人,极为擅长七言绝句,被誉为"七绝圣手"。

"青海长云暗雪山，孤城遥望玉门关。"青海湖上空阴云翻滚，连祁连雪山都被遮盖得暗淡下来，从远处便可望见玉门关。

诗歌前两句仿佛一幅长幅卷轴画，描绘了戍边将士们战斗、生活的单调又粗犷的典型环境，暗示了将士们战斗和生活的辛苦、无聊，同时又为下文对将士们意志坚强、骁勇善战等品质的歌颂做了铺垫。

"黄沙百战穿金甲，不破楼兰终不还。"黄沙之中身经百战，将士们的铠甲都已经被磨穿，将士们仍然决心坚定，发誓不打败西方的敌人绝不回去！

诗歌三、四两句描写战斗情况，然后直抒胸臆。"黄沙百战穿金甲"，极为简练地概括了边地战斗的情况，"黄沙"写了战斗的艰苦环境，"百战"写了战争的频繁和历时之久，

"穿金甲"则写了战争的激烈。但即便如此，将士们杀敌报国的决心仍然坚不可摧，甚至被磨炼得更为坚定：不破楼兰终不还！

"黄沙百战穿金甲"对"不破楼兰终不还"，二句形成了有力的衬托：战斗越是辛苦、越是激烈、越是旷日持久，这份坚定的爱国之心、报国之志就越发难得，越发宝贵！

诗歌极为出色地塑造了典型环境中的典型人物，是边塞诗中的杰出之作。

渔家傲·秋思

[宋]范仲淹

塞下秋来风景异,衡阳雁去无留意。四面边声连角起,①千嶂里,长烟落日孤城闭。② 浊酒一杯家万里,燕然未勒归无计。③羌管悠悠霜满地,人不寐,将军白发征夫泪。④

【注】①边声:边塞特有的声音;角:古代军中乐器。②嶂:形状像屏障的山峰。③燕然未勒:燕然,山名,今蒙古境内的杭爱山;勒,刻石记功。④羌管:羌笛,古代西部羌族的一种乐器。

【编者解读】范仲淹,字希文,祖籍邠州(今陕西彬县),后移居苏州吴县(今属江苏)。北宋著名政治家、文学家,谥号"文正",世称文正公。

宋仁宗年间,范仲淹镇守西北边疆,其间军令严明又爱兵如子,深为西夏所忌惮,称范仲淹"腹中有数万甲兵"。此词便是北宋与西夏对峙期间词人感怀之作。

"塞下秋来风景异,衡阳雁去无留意。"词说,边塞已经入秋,风光和内地尤其不同。大雁南飞回衡阳去了,没有一点儿停留之意。可见边塞的秋天景色荒凉萧瑟,连大雁都毫不留恋。古书上说,大雁春天的时候从南往北,飞至雁门——山西忻州有雁门关;秋天则自北往南,飞到衡阳——所以湖南衡阳有回雁峰。

"四面边声连角起,千嶂里,长烟落日孤城闭。"这两句,借用"边声""角声""千嶂""长烟""落日"等边塞的独有意象,从听觉和视觉的角度为我们描述了一幅边塞战景图,营造了一种大敌当前的紧张肃杀的氛围。然而宋军却是"孤城闭",据此,我们可推测,宋军在两军对峙中处于并不有利的位置。这也为下片的抒情做好了铺垫。

"浊酒一杯家万里,燕然未勒归无计。"借用"一杯"和"万里",数字上的差值,形成了巨大的艺术反差和艺术张力。浊酒一杯,又怎可解绵延万里的乡愁呢?战事未平,功名未立,归期也就未知。浊酒,是指未经过滤的酒,较为混浊,杂质多。然而这酒中所杂者,应有戍边在外之悲,应有思乡怀人之思,也应有亲人幸得一隅安生之幸。

"羌笛悠悠霜满地,人不寐,将军白发征夫泪。"羌管悠悠,霜雪满地,所有人都沉默着,无法入睡。全词以将军和士兵的白发和眼泪结尾,言有尽而意无穷。

咏 物 诗

咏物诗和咏史诗一样，都是在写诗人自己——虽然它们看上去像是在写"他物"和"别人"。

中国人似乎不太习惯直接讲自己的欲望，包括志向，所以，古人言志常需借物，也因此，比兴、象征、托物言志等就成了他们逃不开的手法。

古人常慕君子之志：高洁，芬芳，忠贞，坚韧。

高洁。高则不低，则不众，则不成俗。洁则白，则不暗，则不同流合污。所以，一切在物理特性上占据"高""洁"二字的物象，都有可能成为"高洁"品质的象征。比如，梧桐、蝉都高，冰、雪、玉都洁，月亮、白云、瀑布则既高又洁。荷花则更是难得：从淤泥里生长出来，却依旧洁白、美丽！所以，有虞世南《蝉》中的"居高声自远，非是藉秋风"；有王昌龄《芙蓉楼送辛渐》中的"洛阳亲友如相问，一片冰心在玉壶"；有周敦颐的"予独爱莲之出淤泥而不染，濯清涟而不妖"。

芬芳。在古人的心目中，有香味的花草是很神奇的存在，人们执着地把它们做成香料；沐浴，熏染；缝进香囊，终日佩戴……人们把那些志趣高雅、品格高尚的人描述为"人格散发着香味"的人。那些散发着香味的花花草草就常常入诗：梅、兰、荷、桂、香草等，比如王安石《梅花》中的"遥知不是雪，为有暗香来"，比如韩愈《幽兰操》中的"兰之猗猗，扬扬其香"。

忠贞，坚韧。这是无法分离的两种品质。忠贞要经受得起考验，经受得起考验的即为坚韧。坚韧不等同于强大，坚韧是意志顽强，即便被打倒，也不会被打败。所以，那些具有顽强生存意志的物象就很容易入诗：松、兰、竹、菊、梅、野草等。

品质的形成有其内在的和外在的原因。所以，诗人们也会通过描述物的外在特征以及生活习性和生存环境来衬托它们的品质，如那一句经典的"出淤泥而不染，濯清涟而不妖"。

最后的最后，才是我想要——赞美此物，愿如此物——这就是咏物诗最朴素的逻辑。

咏 蝉

[唐]骆宾王

西陆蝉声唱,南冠客思深。①

那堪玄鬓影,来对白头吟。②

露重飞难进,风多响易沉。③

无人信高洁,谁为表予心?④

【注】①西陆:指秋天;南冠:古代楚地之冠,此指囚徒,即诗人自己。②玄鬓:黑色的鬓角,此指蝉黑色的翅膀。③响:蝉鸣声;沉:沉没,被掩盖。④予:我,我的。

【编者解读】骆宾王,字观光,婺州义乌(今浙江义乌)人。初唐著名诗人,与王勃、杨炯、卢照邻并称"初唐四杰"。曾为道王李元庆府僚,历任武功、长安主簿。武则天当政时入朝升任侍御史。因上疏言事触怒武后,遭诬,以贪赃罪名入狱。此诗即成于诗人身陷囹圄之际。

"西陆蝉声唱,南冠客思深。"诗歌首联,诗人触景生情。秋天天地肃杀,万物即将冬藏,所以本就是一个容易让人感伤的季节,而诗人在花甲之年遭诬入狱,在人生的秋天,迎来了人生之秋的肃杀,无限愁思,自是不在话下。

"那堪玄鬓影,来对白头吟。"诗歌颔联描写白发苍苍、身陷囹圄的诗人于狱中看到两翅乌黑、自由歌唱的秋蝉,一时之间,年老与年轻、被囚与自由的对比,让诗人深感凄凉,所以此联也哀婉沉郁,令人叹惋。

"露重飞难进,风多响易沉。"诗歌颈联,诗人以蝉自喻,层层类比,"露重""风多"言诗人身处环境之恶劣,"飞难进"言诗人前途之坎坷，"响易沉"是说诗人身陷囹圄，已难为自己申辩，抒发了自己的无限愁思与哀叹。

"无人信高洁，谁为表予心？"蝉栖高木，故为"高"，饮清露，故为"洁"，诗歌尾联，诗人仍以蝉自比，既写自己"高洁"的人格品质，又为自己被诬"贪赃"一事辩白。"谁为表予心？"这一问，是问秋蝉，是问自己，是问世人，而当时却无一人能为诗人申明冤屈。这一问，既是愿望，又有无奈，既有无奈，却仍怀抱愿望。

整首诗，诗人以蝉起兴，借写蝉而述艰难，借咏蝉而辨心迹，蝉人一体，表达了诗人内心的哀怨悲伤和对自己能够沉冤得雪的愿望，是身处险境的诗人的内心的悲鸣，也最终成为咏物诗中的代表作。

小　松

［唐］杜荀鹤

自小刺头深草里，而今渐觉出蓬蒿。①

时人不识凌云木，直待凌云始道高。②

【注】①刺头：此指长满松针的小松树；蓬蒿：蓬草，蒿草。②直待：一直等到；凌云：直上云霄；始道：才说。

【编者解读】杜荀鹤，字彦之，号九华山人，池州石埭（今安徽石台）人。唐代诗人，著有《唐风集》10卷。

杜荀鹤家境贫寒，屡次参加科考不第，一生抑郁不得志。诗人偶见小松，审察其形态，窥探见意趣，悟得了哲理，因有此诗。

诗的题目直接点明了诗歌的写作对象：

小松。

"自小刺头深草里,而今渐觉出蓬蒿。"当小松很小的时候,它还被埋没在深草里,现在已经慢慢地长得比蓬蒿还要高一些了。"自小""而今"说明诗人观察小松时间之久,"渐觉"写出诗人对小松观察之细腻,这两句写出了诗人对小松的关注和喜爱,对小松寄予厚望。小松虽小,但却是"刺头"。"刺"字尤为传神,仿佛是破釜沉舟力图冲出重围的人手里的小匕首,"刺"是力量,也是"志气"。小松虽生在深草之间,却有凌云之志!

"时人不识凌云木,直待凌云始道高。"人们不认识这是将来可以高耸入云的树木,一直要等到它真的高耸云霄的时候才会赞叹它说:"啊,真高啊!"

诗人见小松而联想到自己。同样都是身份

低微，不为别人所赏识，但诗人自认为天赋才华，且日益出众，故而以小松自比，说"自小刺头深草里，而今渐觉出蓬蒿"。同时诗人又充满雄心壮志："时人不识凌云木，直待凌云始道高。""时人不识凌云木"，是诗人对当时社会风气的不满，但也更加反衬出诗人志向之坚定。

诗人以小松自比，托物言志，既有意趣，也有理趣，更有志趣。

卜算子·咏梅①

[宋] 陆　游

驿外断桥边，寂寞开无主。已是黄昏独自愁，更著风和雨。②　　无意苦争春，一任群芳妒。③零落成泥碾作尘，只有香如故。④

【注】①卜算子：词牌名。②驿外：驿站之外；断桥：残破之桥；无主：无人欣赏照料；著：同"着"，遭遇，遭受。③苦：用尽力气；一任：任凭。④零落：凋零。

【编者解读】陆游，字务观，号放翁，越州山阴（今浙江绍兴）人。南宋著名文学家、史学家，伟大的爱国主义诗人。生逢北宋灭亡之际，少年时深受家庭爱国思想熏陶。宋高宗时，参加礼部考试，因为被秦桧排斥而仕途不顺。宋孝宗即位后，赐进士出身，后因坚持抗金，屡遭主和派排斥。

"驿外断桥边，寂寞开无主。已是黄昏独自愁，更著风和雨。"跳出梅花，看词人。词人到了驿站外的偏僻荒凉之地才发现了这株梅花，可见词人心中也如梅花一般孤寂，正所谓，"众里寻他千百度，蓦然回首，那人却在灯火阑珊处"。黄昏的风雨里站着的也不只有梅花，还有同梅花一样心底孤独凄凉的词人。

上片，词人从梅花生长的自然环境之恶劣来烘托它身世的悲苦，同时以梅自喻，暗示自己生存于其中的政治环境之险恶，以此烘托自己内心的孤独与凄凉。

"无意苦争春，一任群芳妒。零落成泥碾作尘，只有香如故。""群芳妒"暗示了词人遭到小人嫉妒与排挤并因此抑郁不得志的生存境遇。词的上片通过梅花生长的外在环境来反映它生存之悲苦，下片用直接描写和侧面烘托相结合的手法，用"群芳妒"反衬梅花的美好品格，正如屈原所言"众女嫉余之蛾眉兮，谣诼谓余以善淫"，同时又直接描写梅花的品格"零落成泥碾作尘，只有香如故"，正侧结合，写出了梅花的高洁、坚韧的品格。

作者以梅花自比，托物言志，表达了自己对高洁的执着追求。那么，是什么支撑着梅花在恶劣的自然环境中、支撑着词人在险恶的政治环境中坚守自我，永葆高洁呢？是词人对自我完美人格的界定，是词人对自我人生理想的追求。一个人能在品格上坚守自己，能在理想的道路上前进不偏离，那他的一生即便不成功，又有什么可遗憾的呢？

咏史诗

临古地，思古人，忆其事，反观当下，诗人心中便常有感慨，诗歌便有了咏史之类。

所以，在咏史诗中，我们最常见到的思想感情就是：追慕先贤，以表敬仰或渴望建功立业。比如王昌龄的《出塞二首·其一》："秦时明月汉时关，万里长征人未还。但使龙城飞将在，不教胡马度阴山。"比如辛弃疾的《南乡子·登京口北固亭有怀》："何处望神州？满眼风光北固楼。千古兴亡多少事？悠悠。不尽长江滚滚流！年少万兜鍪（móu），坐断东南战未休。天下英雄谁敌手？曹刘。生子当如孙仲谋！"

同时，又有怀人伤己，相形见绌或者同病相怜，感叹怀才不遇，壮志难酬。比如苏轼的《念奴娇·赤壁怀古》："遥想公瑾当年，小乔初嫁了，雄姿英发。羽扇纶巾，谈笑间，樯橹灰飞烟灭。故国神游，多情应笑我，早生华发。"比如辛弃疾的《永遇乐·京口北固亭怀古》："千古江山，英雄无觅，孙仲谋处。""凭谁问：廉颇老矣，尚能饭否？"

又或者怀古伤今，感叹昔盛今衰、物是人非、变化无常。比如李白的《越中览古》："越王勾践破吴归，战士还家尽锦衣。宫女如花满春殿，只今惟有鹧鸪飞。"比如韦庄的《台城》："江雨霏霏江草齐，六朝如梦鸟空啼。无情最是台城柳，依旧烟笼十里堤。"

又或者借古讽今，委婉劝谏，以启世人。比如陆龟蒙的《吴宫怀古》："香径长洲尽棘丛，奢云艳雨只悲风。吴王事事堪亡国，未必西施胜六宫。"比如杜甫的《兵车行》："边庭流血成海水，武皇开边意未已。君不闻汉家山东二百州，千村万落生荆杞。"

所以，咏史诗的意境往往既因昔日强盛而雄浑壮阔、豪迈奔放，也可因物是人非而萧条冷落。

因为有古人古地古事，所以用典、虚写是咏史诗一定会用到的手法；而又要今昔对比，所以对比、反衬也往往是咏史诗的常用手法；借古喻今、借古伤今、借古讽今，就更是它常常用到的手法，因为咏史怀古的本意还是在今人、在当下。

蜀　相①

[唐] 杜　甫

丞相祠堂何处寻，锦官城外柏森森。②

映阶碧草自春色，隔叶黄鹂空好音。③

三顾频烦天下计，两朝开济老臣心。④

出师未捷身先死，长使英雄泪满襟。⑤

【注】①蜀相：三国蜀汉丞相诸葛亮。②丞相祠堂：武侯祠；锦官城：成都；森森：树木繁盛的样子。③空：白白的。④频烦：频繁，多次；两朝：刘备、刘禅父子两朝；开：开创；济：扶助。⑤长：长久，一直。

【编者解读】杜甫，字子美，自号少陵野老，世称"杜工部""杜少陵"，河南巩义人。唐代伟大的现实主义诗人，被誉为"诗圣"，与李白合称"李杜"。他一生忧国忧民,精于格律,世存诗歌1400多首。

公元759年冬,杜甫至成都。第二年春天他探访了武侯祠。其时,安史之乱尚未平息,他忧国忧民却又报国无门,感怀激愤,写下了这首著名的《蜀相》。

"丞相祠堂何处寻,锦官城外柏森森。"首联讲诗歌之缘起,诗人要寻访诸葛亮的武侯祠。一个"寻"字,表明诗人拜访武侯祠这一行为是有意为之,而非偶然起兴;一个"丞相",而非"蜀相",去掉了表示所属的形容词"蜀汉的",就仿佛诸葛亮即是自己国家的丞相,瞬间拉近了自己与诸葛亮的感情距离,强化了诗人对诸葛亮的敬仰之情。

"映阶碧草自春色,隔叶黄鹂空好音。"颔联承接首联讲武侯祠的环境:碧绿的春草兀自映照着祠堂的台阶,树叶后面的黄鹂鸟白白地叫得好听(我却没有心思听)。"自""空"两字,诗人将自己的感情移入春草和黄鹂鸣叫声,表面上是在讲春草和黄鹂的孤独,实际上是在讲诗人自己的孤独。

正是在这种孤独中,诗歌迎来了它由景写人的转折:"三顾频烦天下计,两朝开济老臣心。"此联两句14个字,简练地概括了诸葛亮忠君爱国的美好品质和辉煌灿烂的一生。

"出师未捷身先死,长使英雄泪满襟。"尾联借用诸葛亮病逝五丈原的典故,直接抒发了诗人对诸葛亮"鞠躬尽瘁,死而后已"的献身精神的崇高景仰和功业未成的痛惜。

全诗借对诸葛亮的追慕、怀念,表达了诗人对唐王朝前途命运的关心和担忧,以及对像诸葛亮一样的英雄人物的期待。

题乌江亭①

[唐] 杜 牧

胜败兵家事不期,包羞忍耻是男儿。②

江东子弟多才俊,卷土重来未可知。③

【注】①乌江亭:旧址在今安徽和县东北的乌江浦,相传为霸王项羽自刎之处。②兵家:指军事家或用兵的人;期:预料;包羞忍耻:能够忍受耻辱。③江东:汉至隋唐称安徽芜湖以下的长江南岸地区为江东。

【编者解读】杜牧,字牧之,京兆万年(今陕西西安)人。唐代诗人,人称"小杜",以区别于杜甫,与李商隐齐名,并称"小李杜",区别于李白与杜甫的合称。晚年居长安南樊川别墅,故号樊川居士,后世称"杜樊川"。著有《樊川文集》。

公元841年,诗人赴任池州刺史途中路过乌江亭,因有所感,故成此诗。

"胜败兵家事不期,包羞忍耻是男儿。"诗人一开始就开宗明义:胜利和失败是军事家和用兵打仗的人都难以预料的事,能够接受失败、忍受耻辱才是男儿该有的胸襟。

《史记·项羽本纪》记载,项王想要向东渡过乌江。乌江亭长正停船靠岸等在那里,他对项王说:"江东地方虽小,但土地纵横也有一千里,人口有几十万,足以用来称王了。希望大王您赶紧渡过江去。现在只有我有船,汉军到了,也没有办法渡江。"项王笑了笑说:"老天爷让我灭亡,我又渡江干什么呢?况且,我和江东八千子弟渡过乌江向西征战,现在没有一个人能活着回来,即便江东父老兄弟怜惜我而尊我为王，我又有什么面目见他们呢？即便他们不说什么，我难道不会在心里感到愧疚吗？"项羽始终不肯过江，后来自刎而死。

人们历来欣赏项羽"无颜见江东父老"的自尊、气节和重情重义，诗人却提出了不同的意见，认为项羽自刎之举并不明智，缺乏长远的眼光和卷土重来的勇气。当然，同样也有人批驳杜牧的观点，比如宋人胡仔提出："项氏以八千人渡江，败亡之余，无一还者，其失人心为甚，谁肯复附之？其不能卷土重来，决矣。"意思是说，项羽带领八千人过江，争霸失败，到最后，没有一个人活着回来，他已经大失人心了，谁还会再跟随他呢？他不能够卷土重来这件事是一定的。

是非功过，任人评说，但此诗宣扬的忍辱负重的胸襟和勇气，还是值得赞扬和学习的。

台　城①

[唐] 韦　庄

江雨霏霏江草齐,六朝如梦鸟空啼。②

无情最是台城柳,依旧烟笼十里堤。③

【注】①台城:又称苑城,旧址在今南京鸡鸣山南,原是三国时期吴国的后苑城,东晋成帝时改建。从东晋直到南朝结束,台城一直是朝廷中央政府和皇宫所在地。②霏霏:形容雨雪细密的样子;六朝:指吴、东晋、宋、齐、梁、陈。③烟笼:像烟一样笼罩着,烟,形容柳树枝条清新如烟雾的样子。

【编者解读】韦庄,字端己,长安杜陵(今陕西西安)人。晚唐著名诗人、词人,与温庭筠同为"花间派"词人,并称"温韦"。

"江雨霏霏江草齐，六朝如梦鸟空啼。"诗人选取经典意象"江雨""江草"来描写江南春天的特有景象，营造出如梦似幻的迷蒙意境，自然而然地触发了诗人对台城历史"如梦"的感慨。

江草整齐如茵，本是一片生机勃勃的景象，为什么会让诗人产生历史如梦似幻的感慨呢？其实，很多咏史诗都会用到往日繁华和如今衰败的"今昔对比"的手法。往日繁华时，应是"烟柳画桥，风帘翠幕""市列珠玑，户盈罗绮"，如今茂盛的草木昭示的只能是繁华不再的荒芜与悲凉。

如此江雨江草之间的台城，已然荒凉破败。300多年间，台城经历从东吴到陈的六个朝代，平均一个朝代不过几十年，一个个朝代轰轰烈烈地登上历史舞台又匆匆忙忙地退场，盛和衰败之间的转换竟是如此迅速频繁，不由让人感慨唏嘘。再看王朝们一个接一个地衰败，鸟儿却仍旧在那儿婉转啼鸣。一时之间，鸟儿象征的自然的永恒和六朝象征的人世变幻奔聚而来，涌上心头。

"无情最是台城柳，依旧烟笼十里堤。"诗人写春柳"无情"，正是对自己"有情"的抒发。一城之内，六朝相继覆亡，生活在晚唐的韦庄，也自觉唐王朝气数将尽，他对历史兴亡的深沉感慨和对国家前途命运的深切忧虑，在不谙兴亡更替之痛的春柳的反衬下，又增添了一重无人理解、无处倾吐的沉郁。

整首诗以自然景物的"依旧"反衬历史更迭的沧桑，以物的"无情"反衬人的伤痛，是一首不可多得的咏史怀古佳作。

悼 念 诗

物有春生夏长秋收冬藏，人有生老病死，所以也就难免哀悼怀念。潘岳在悼念亡妻的诗中写道："如彼翰林鸟，双栖一朝只。如彼游川鱼，比目中路析。"如此悲苦，仿佛无可道，又仿佛道不完，所以悼念诗也就成了诗歌中一个重大又必然的类型。

元好问在描摹失偶的大雁投地而死前的心理活动时写道："渺万里层云，千山暮雪，只影向谁去？"万里群山，风云冰雪，我一个人孤孤单单,要飞到哪里去呢?一个人活着,他就只是一个人而已,一个人死了,他就是人间万物,晚风是他,冰雪是他,群山大川都是他。

所以,无论是过去的回忆,还是虚拟的梦境,无论是感情同向的哀伤之景,还是感情反向的欢乐之景,都能够触发诗人们的无涯之戚——只要爱还在,痛就无处不在。所以豪迈旷达如苏轼,即便是在亡妻去世十年之后,也能写出"十年生死两茫茫,不思量,自难忘""料得年年肠断处,明月夜,短松冈"等令人凄恻哀婉、肝肠寸断的词句……

庄子妻子去世,庄子悼念亡妻,鼓盆而歌:"是其始死也,我独何能无概然!察其始而本无生,非徒无生也而本无形,非徒无形也而本无气。杂乎芒芴之间,变而有气,气变而有形,形变而有生,今又变而之死,是相与为春秋冬夏四时行也。人且偃然寝于巨室，而我噭噭然随而哭之，自以为不通乎命，故止也。"意思是说，我妻子刚刚去世的时候，我怎么能不感慨悲痛呢！可是我仔细观察到她本来就不曾出生，不仅不曾出生，甚至都不曾具备形体，不仅不曾具备形体，甚至本来就不曾具有气息。夹杂在恍恍惚惚之中，变化出了气息，气息又变化出了形体，形体变化出了生命，现在又变化回到了死亡，这是和春夏秋冬四季运行一样的啊。她静静地安卧在天地之间，而我却围着她噭噭啼哭，我认为这是不能通达天命，所以就停止了哭泣。

关于死亡的通达境界，王衍有一句话说得好："圣人忘情，最下不及于情，情之所钟，正在我辈。"所以千百年来，爱在，痛在，悼念诗也一直在。

离思五首·其四

[唐] 元 稹

曾经沧海难为水,除却巫山不是云。①

取次花丛懒回顾,半缘修道半缘君。②

【注】①曾经:曾经经历;难为:此指"不值一顾";除却:除了;不是:不值得称作。②取次:经过;回顾:回头看;缘:因为;修道:修炼道法,此处指修炼清心寡欲的心灵境界;君:你,此指诗人妻子。

【编者解读】元稹(zhěn),字微之,唐代洛阳(今河南洛阳)人。曾与白居易等人共同倡导"新乐府"运动,与白居易并称"元白"。

"曾经沧海难为水,除却巫山不是云。"曾经到过沧海,其他地方的水就不值一顾,除了巫山的云，其他地方的云也就难以称其为云。

"曾经沧海难为水"，取典于《孟子·尽心》"观于海者难为水，游于圣人之门者难为言"，沧海波澜壮阔，相形之下，其他地方的水便不值一顾。巫山有朝云峰，宋玉《高唐赋序》中曾说，其云为神女所化，上接高天，下入深渊，非常繁盛美丽。因此，其他地方的云自然就相形见绌。

诗歌前两句以沧海和巫山之云暗喻诗人与妻子之间无与伦比的深厚感情，表达了诗人对亡妻的深情怀念。

"取次花丛懒回顾，半缘修道半缘君。"我经过花丛，也懒得回顾，一半是因为修道，一半是因为你啊！

"取次花丛懒回顾"，诗人以花喻人，以

花丛喻世间女子,说自己对世间女子已经懒得再看一眼。"半缘修道半缘君",解释"懒回顾"的原因:一半是因为修道,一半是因为诗人认为世间再也无人比得上妻子。

白居易在《和答诗十首》中称赞元稹"身委逍遥篇,心付头陀经"。白居易自己也曾在《夜雨》一诗中说,"不学头陀法,前心安可忘"。诗人的修道自然可以理解为对痛失所爱的悲伤的精神抚慰,所以无论是"半缘修道"还是"半缘君",诗人要表达的都是对亡妻的无法忘怀的深切思念。

元稹这首绝句,比喻高妙,抒情节奏变化有致。以"沧海""巫山"为喻,语义豪壮,荡气回肠;"懒回顾""半缘君"又委婉深沉,余韵悠长,创造了唐代诗人悼亡绝句中的绝胜境界。

摸鱼儿·雁丘词①

[金]元好问

问世间,情是何物,直教生死相许?②天南地北双飞客,老翅几回寒暑。欢乐趣,离别苦,就中更有痴儿女。③君应有语,渺万里层云,千山暮雪,只影向谁去? 横汾路,寂寞当年箫鼓,荒烟依旧平楚。④招魂楚些何嗟及,山鬼暗啼风雨。⑤天也妒,未信与,莺儿燕子俱黄土。⑥千秋万古,为留待骚人,狂歌痛饮,来访雁丘处。⑦

【注】①摸鱼儿:词牌名;丘:坟墓。②直:竟然;教:使、让;许:跟从。③就中:这之中。④"横汾路"三句:当年汉武帝横渡汾水,多么辉煌热闹,如今却一片寂寞荒凉。

⑤何嗟及：怎么叫得到（招魂招得回来）；山鬼：山中女神。⑥与：和。⑦骚人：文人。

【编者解读】 元好问，字裕之，号遗山，世称遗山先生，太原秀容（今山西忻州）人。金代著名文学家、史学家。

金章宗泰和五年（公元1205年），年仅16岁的元好问赴并州参加科举考试，路上听一位捕雁者说，天上有一对大雁，其中一只被捕杀了，另一只不肯离开，最后竟然一头撞到地上，殉情而死。他于是买了这两只大雁，把它们葬在汾水边上，垒上石头作为标志，称之为"雁丘"，并写下《雁丘词》。

"问世间，情是何物，直教生死相许？"大雁对爱情的生死与共的忠贞，深深地震撼了词人的灵魂，让他不禁有这惊天一问。这一问，是问自己，也是在问世人。与其说是发问，不如说是震撼，因震撼而迷惘，更见震撼程度之深；与其说是发问，不如说已然是对其爱情的热情讴歌！

"天南地北双飞客，老翅几回寒暑。"这两句，从地域之广"天南地北"和时间之久"几回寒暑"来描写此前两雁的"生许"生活，为下文大雁的"死许"埋下伏笔。

"欢乐趣，离别苦，就中更有痴儿女。"这两句描写两雁相伴的欢乐和离别的痛苦，而在这日常生活中，竟然就有这样的"痴情儿女"。"痴儿女"三个字，把大雁比喻为人间的男女，赋予它们以人间夫妻相爱的理想色彩。

"君应有语，渺万里层云，千山暮雪，只影向谁去？"这是词人想象的大雁殉情之前的心理活动。"万里层云"写前途之渺茫，"千山暮雪"写前路之艰难，如此形单影只，活着又有什么意义呢？称大雁为"君"，体现了词人对殉情大雁的敬畏。

下片四句用了三组对比来反衬大雁爱情的永恒。一是汉武帝当年横渡汾水，热闹非凡，如今却只剩下丛林荒烟，寂寞无比，而两雁的爱情却一定可以穿越时光，永垂不朽；二是招魂也不能招回爱侣，失恋的山中女神只能独自暗中悲伤地哭泣，而两雁却可以从此以后永远相伴相随；三是两雁的爱情连苍天都会嫉妒，莺儿燕子死后都变作了黄土，而两雁却一定不会如此，因为即便历经千秋万古，文人墨客也一定会被它们的爱情所感动而狂歌痛饮，来寻访大雁的墓丘，祭奠它们生死相许的爱情。

此词悼双雁之亡，综合运用比喻、拟人等艺术手法，写就了一首穿越千年的爱情颂歌，歌颂了殉情大雁的忠贞爱情。

杂　　诗

除了我们前面讲过的山水田园诗、送别诗、羁旅思乡诗、边塞诗、咏物诗、咏史诗和悼念诗等大的诗歌类型，还有像干谒诗、酬和诗、题画诗等小的诗歌类型，甚至还有许许多多难以归类的即事抒怀的诗歌，我们统称为杂诗。

干，追求；谒，拜访。所以，干谒诗是古人为展现自己的才学而写的类似现代的自荐信的一类诗歌。因为要推荐自己，又不方便太直白，所以干谒诗常常用到比喻、借代、象征等艺术手法和借情抒情、借典故抒情等间接的抒情方式。

唐代诗人朱庆馀就曾写过一首非常著名的干谒诗。在参加科举考试之前，朱庆馀给当时的水部员外郎、著名的大诗人张籍写了一首七言绝句《近试上张水部》，以投石问路："洞房昨夜停红烛，待晓堂前拜舅姑。妆罢低声问夫婿，画眉深浅入时无？"朱庆馀以新妇自比，以"眉"喻才学，问眉毛深浅合不合时宜，其实就是在问您觉得我才学如何。

张籍读过此诗，大为赞叹，当即回诗一首《酬朱庆馀》："越女新妆出镜心，自知明艳更沉吟。齐纨未是人间贵，一曲菱歌敌万金。"诗歌仍然以比喻入诗，把朱庆馀比喻为"越女"，把他的诗歌比喻为"菱歌"，"一曲菱歌敌万金"，热情洋溢地写出了诗人对朱庆馀才学的赏识。

另外，张籍写的这首《酬朱庆馀》，就是一首典型的酬和诗。酬，即交际往来，和，即回应。古人通过诗歌来问答来往、表情达意，其中回答一方写成的诗，就是酬和诗。

另外，古人画画，会在画面上留出一定的空白，即我们讲的中国画的"留白"艺术。在这些留白的部分，往往会由画家本人或他人题上一首诗，来描述画面内容、歌颂画家高超的绘画技艺或借此抒发个人思想感情，以达到"诗、书、画"和谐美的境界。

比如我们非常熟悉的北宋大诗人苏轼的《惠崇春江晚景二首》，就是苏轼题在惠崇所作的《春江晚景》一画上的。还有唐代大诗人王维的《画》、元代诗人王冕的《墨梅》，都是题画诗。

此外，我们讲，于古人而言，万事万物皆可入诗。

所以当唐代大诗人杜牧在清明节来临之际心有所感的时候，就创作了《清明》一诗；当北宋大诗人王安石读史书有感的时候，就创作了《读史》一诗；当南宋大诗人陆游在临安看到春天雨过天晴心生喜悦的时候，就创作了《临安春雨初霁》一诗；贾岛拜访友人李凝未遇，于是创作了《题李凝幽居》；王之涣登上鹳雀楼，心旷神怡，于是创作了《登鹳雀楼》；司空曙见江村而有《江村即事》；王安石在钟山而有《钟山即事》；崔道融居于小溪边上故有《溪居即事》；程颢出门郊游故有《郊行即事》；甚至像李商隐无来由地心有所动，道之以诗，名之曰《无题》。